A mi Eggun, por siempre mostrarme el camino.
A Mami y Papi, por amarme lo mejor que
pudieron y compartirme con Mamá y Papá.
A todos mis hermanos, unidos por sangre o por amor, por quererme
de tal manera que no han dejado duda dc que sí soy amada.
Y a Elena, quien me inspira a ser una mejor Mami y mujer todos los días.
Nunca dejes de decir tu verdad, mi amor. Desde acá hasta el sol ida y
vuelta, hasta que los ancestros ya no estén a nuestro lado.
—S. R.

Por todo lo que somos y podemos ser.
—B. M.

SIMON & SCHUSTER BOOKS FOR YOUNG READERS
Un sello de Simon & Schuster Children's Publishing Division
1230 Avenida de las Américas, Nueva York, NY 10020
Copyright del texto © 2020 por Sili Recio
Copyright de las ilustraciones © por Brianna McCarthy
Copyright de la traducción © 2020 por Sili Recio
Originalmente publicado en 2020 por Simon & Schuster Books
for Young Readers como *If Dominican Were a Color*
SIMON & SCHUSTER BOOKS FOR YOUNG READERS es una marca de Simon & Schuster, Inc.
Para obtener información respecto a descuentos especiales en ventas al por mayor,
diríjase a Simon & Schuster Special Sales al 1-866-506-1949 o al siguiente
correo electrónico: business@simonandschuster.com.
La Oficina de Oradores (Speakers Bureau) de Simon & Schuster puede presentar
autores en cualquiera de sus eventos en vivo. Para obtener más información o para hacer una
reservación para un evento, llame al Speakers Bureau de Simon & Schuster, 1-866-248-3049
o visite nuestra página web en www.simonspeakers.com.
Diseño del libro por Lizzy Bromley
Para el texto de este libro se ha utilizado Harman Elegant.
Las ilustraciones de este libro fueron creadas con técnicas mixtas.
Fabricado en China
0620 SCP
Primera edición
2 4 6 8 10 9 7 5 3 1
Library of Congress Cataloging-in-Publication Data
Names: Recio, Sili, author, translator. | McCarthy, Brianna, illustrator.
Title: Si quisqueya fuera un color / Sili Recio ; ilustrado por Brianna McCarthy.
Other titles: If Dominican were a color. Spanish.
Description: First edition. | New York : Simon & Schuster Books for Young Readers, [2020] | Audience:
Ages 4-8. | Audience: Grades K-1. | Summary: Illustrations and easy-to-read Spanish text portray the
Dominican Republic in all of its hues, from the cinnamon in cocoa to the blue black seen only in dreams.
Identifiers: LCCN 2019049436 (print) | LCCN 2019049437 (eBook) |
ISBN 9781534477094 (hardcover) | ISBN 9781534477100 (eBook)
Subjects: LCSH: Dominican Republic–Juvenile fiction. |
CYAC: Dominican Republic–Fiction. | Spanish language materials.
Classification: LCC PZ73 .R3795 2020 (print) | LCC PZ73 (eBook) | DDC [E]–dc23
LC record available at https://lccn.loc.gov/2019049436
LC eBook record available at https://lccn.loc.gov/2019049437

SI QUISQUEYA

FUERA UN COLOR

Escrito por **Sili Recio**
Ilustrado por **Brianna McCarthy**

A DENENE MILLNER BOOK
Simon & Schuster Books for Young Readers
Nueva York   Londres   Toronto   Sidney   Nueva Delhi

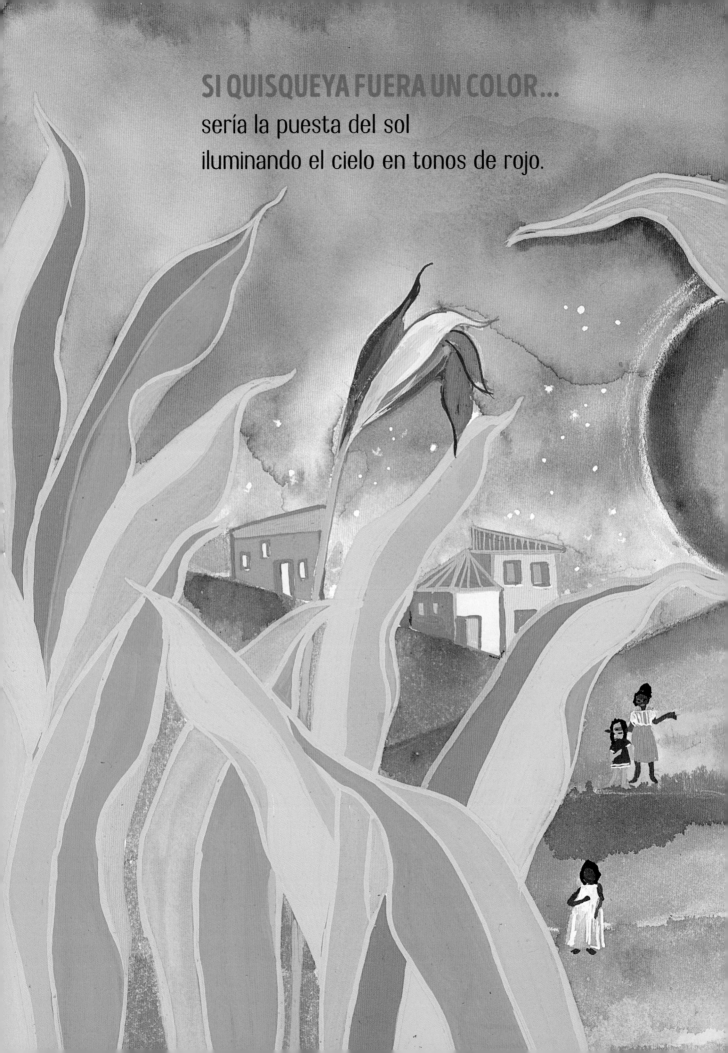

SI QUISQUEYA FUERA UN COLOR...
sería la puesta del sol
iluminando el cielo en tonos de rojo.

El matiz de la canela en tu chocolate,

los tambores y el despojo.

Los ojos de mi abuela Matilde
color miel con piel de caoba.
El tinte amarillo de mi abuela
María, parecido al mío, como
aceite de jojoba.

Si Quisqueya fuera un color...

sería los tonos azules en
el matiz del amanecer,

la negritud de Haití que
nunca va a desaparecer.

El tinte verde que llevan las
sombras de las palmeras,
los recuerdos que no
tienen fronteras.

El café con leche
que tantos disfrutan,
y los marrones de labios
que besos reclutan.

Si Quisqueya fuera un color...
sería las caderas
merengueras que
bailan cuando camino,

la charla constante
que siempre
encuentras con
el vecino.

La forma en que mi boca
pronuncia mis palabras,
el color que, sin saber,
siempre buscabas.

Sería el trucano de mi niñez,
sería contar los Jacks del uno al diez.

Sería los rizos que se
entremezclan en mi cabello,
el color del carbón reunido
con el sol, brillante y bello.

Si Quisqueya fuera un color...
sería el rugido que se oye en las profundidades del mar,
con los rayos de la luna haciendo un lindo par.

Sería el maíz entonado en el atardecer.

Sería el negro azul que solo en un sueño puedes reconocer.

No habría una paleta que pudiera contenerlo todo.
Es las estaciones del año,
verano, invierno, primavera y otoño.

NOTA DE LA AUTORA

Cuando mi madre y yo nos fuimos de la República Dominicana a vivir con mi papá, un Dominicano que siempre se consideró negro, en la ciudad de Nueva York, él me grabó estas palabras en la cabeza: "Eres negra, que no se te vaya a olvidar". Era una demanda fácil para mí; como niña en la República Dominicana, mi mundo estaba repleto de amor –y de color–. Mis padres de crianza eran una cinta de diferentes tonos de marrón, y me colmaron de amor y amor propio, lo cual me hizo apreciar mi piel.

Mamá y yo somos ambas "java", una palabra que se usa en la isla para describir una persona con piel clara y rasgos negros. Papá y mis dos hermanas son del color del chocolate Embajador que se vende en las tiendas. Tenemos el pelo rizado y cuanto más jugábamos al sol, más se notaba el bronce de nuestra piel. Pensábamos que nuestros colores eran hermosos.

Aun así, a pesar de todo el amor que nuestra pequeña unidad familiar compartió durante esos lentos días de verano, algunos recuerdos están empañados por cómo otros trataron de dar forma a la negritud ante mis ojos. Para ellos, verse negro en lugar de verse como los familiares que aparentaban ser blancos ameritaba insultos. Lo que no entendían era que ni el racismo ni el colorismo iban a lograr cambiar la belleza que veía en mis rasgos, en como me veía a mí misma.

Mucha gente en la isla aun no ha aceptado esta simple verdad, mi verdad: que el negro es hermoso. Y es una lástima considerando cuántos dominicanos de piel oscura y otros ciudadanos de piel oscura de países hispanohablantes existen. Aunque muchos barcos desembarcaron en Estados Unidos durante el comercio transatlántico de esclavos, representaron solo un pequeño porcentaje en comparación a los barcos que arrojaron esclavos africanos en el Caribe y América Central y del Sur. En la República Dominicana en específico, se estima que el 73% de la población es de raza mixta, es decir que la negrura literalmente colorea nuestro país en más formas de las que la mayoría quiere admitir.

Este libro es para los niños y las niñas que nunca fueron alimentados con el bálsamo de la verdad, aquellos que pueden haber sentido que no pertenecían debido a su tez oscura o la textura del pelo rizado o el ancho de sus narices. Esto es para aquellos a quienes se les ha dicho que son feos simplemente porque llevan la belleza de sus ancestros africanos en sus rostros y cabello. Esto es para los niños y las niñas de raza negra que aún no han descubierto su poder y magia porque la sociedad se apoya en sus propios prejuicios para decirles que no son dignos. Este libro es para aquellos que orgullosamente marcan esa casilla "negra" en el censo porque saben exactamente quiénes son, y también para aquellos que lo están descubriendo, ya sea que tengan cuatro o cuarenta años.

La isla está llena de color, al igual que el mundo. Lo celebro. Y te celebro. Porque eres negro y no quiero que se te olvide.